Barro

Cosas horribles

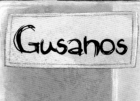

Gusanos

Pasta amarilla

PIRATA PEPE

UÑAS DE
LOS DEDOS
DE LOS PIES

100%
FRESCAS

Espectros

Para William S, quien cuando tenía 2 años escuchó
mi primera historia y dijo: «¡Otra vez!» – L. R.

¡Para los tres pequeños monstruos,
Elizabeth, Sophie y Adam! – M. C.

Puedes consultar nuestro catálogo en
www.picarona.net

Jake prepara un pastel monstruoso
Texto: *Lucy Rowland*
Ilustraciones: *Mark Chambers*

1.ª edición: octubre de 2018

Título original: *Jake Bakes a Monster Cake*

Traducción: *David Aliaga*
Maquetación: *Montse Martín*
Corrección: *Sara Moreno*

© 2017, Macmillan Children's Books,
sello editorial de Pan Macmillan, división de Macmillan Pub. Int. Ltd.
(Reservados todos los derechos)
© 2018, Ediciones Obelisco, S. L.
www.edicionesobelisco.com
(Reservados los derechos para la lengua española)

Edita: Picarona, sello infantil de Ediciones Obelisco, S. L.
Collita, 23-25. Pol. Ind. Molí de la Bastida
08191 Rubí - Barcelona
Tel. 93 309 85 25 - Fax 93 309 85 23
E-mail: picarona@picarona.net

ISBN: 978-84-9145-191-4
Depósito Legal: B-16.155-2018

Printed in China

Jake prepara un
PASTEL
MONSTRUOSO

LUCY ROWLAND   **MARK CHAMBERS**

Picarona

Un sábado, Jake decidió preparar un pastel
bien rico para la fiesta de cumpleaños
de Sam, su amigo.

Se dijo: «A Sam los dulces
le *encantan*, así que le llevaré una tarta.
Podría llamar a mis amigos
y juntos preparársela».

Pero no iba a ser tan fácil, los amigos de Jake eran muy quisquillosos y si intentaba dirigirlos, se pondrían nerviosos.

LARVAS

Espectros

RATA

Virus de perro

Raspas de pescado

Pelusa del ombligo

IME

PURÉ DE MONSTRUO

OJOS

Para endulzar el pastel,
sólo querrían poner larvas
jugosas y babosas grasientas
y viscosas.

TENTÁCULOS

A media tarde, la monstruo Tor llamó a la puerta,
y Ben y Fred llegaron cuando ya estaba abierta.

Tilly se presentó con retraso
y atravesó el jardín apretando el paso.
—¡Es hora de empezar! -dijo Jake.

¿Qué hora dices que es?

Entraron en la cocina, y después de repartir los delantales,
Jake les enseñó un libro con recetas muy especiales.

Tor y Tilly se rieron:
—¡Oh, Jake, no seas peliculero!
¡No nos hace falta el libro
de un maestro pastelero!

Huevos podridos ella añadió
y con patas de araña lo
condimentó.
También le echó cinco hormigas
y los pantalones viejos
de una amiga.

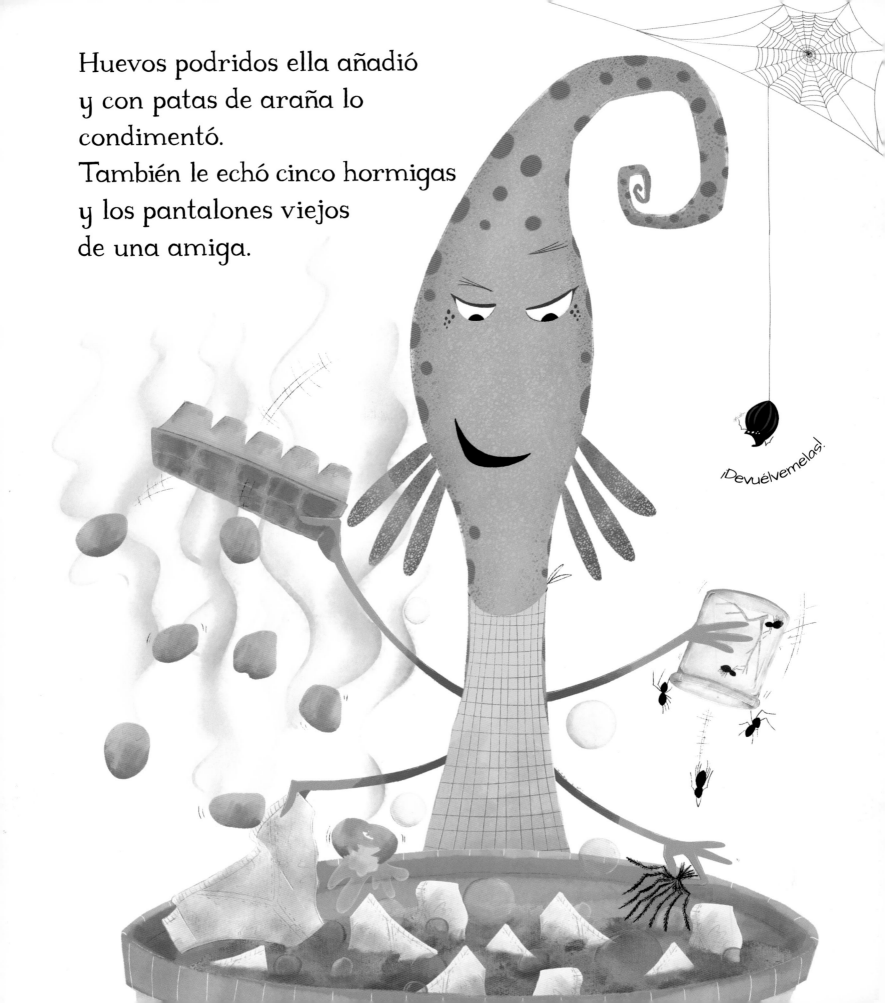

¡Devuélvemelas!

Ben gritó:

—¡Es mi turno! —y añadió un ratón.

De pronto se rio:

—¡Pero si aquí dice «añadir limón»!

—¡Oh, por favor!
No me gusta nada este sabor.
¡La esencia de fantasma
le dará mejor color!

Jake preguntó:
—¿No le ponemos mantequilla?
¿Y de azúcar ni siquiera una cucharadita?

Fred lo meditó,
pero al cuenco una babosa echó.
—¡Son muy pegajosas! —exclamó.

Tilly preguntó:
—¿Podría añadir un poco de queso?
Adoro su sabor, os lo confieso.

Es apestoso, está caducado
y bien llenito de gusanos...

¡Así tendrá más vitaminas!

De pronto Jake gritó:
—¡Ya está bien! ¡Hacedme caso o nuestro regalo para Sam será un auténtico fracaso!

Sin aviso previo, un poco de masa
le aterrizó a Jake en la cara...

¡MMM!
¡Qué buen
pastelero soy!

Cuando el pastel estuvo horneado
entre todos lo sacaron.

De camino, Jake pisó en falso
y el pie le patinó sobre un charco...

¡Jake gemía al ver cómo el pastel se le escurría!

Sam abrió la puerta justo cuando el pastel se cayó.
Ver todo aquello no le hizo ninguna ilusión.

—¡Feliz cumpleaños! –dijo Jake
sollozando.
Sam observó el pastel
con el resto de monstruos callando.

—Lo siento —Jake lloraba,
las lágrimas a sus ojos
se asomaban.
Sam tenía el gesto
contrariado y el pecho
inflamado.

Sam se volvió hacia
su amigo Jake y dijo:
—No te preocupes...

—Si se trata de repostería golosa...
¡La tarta de barro es monstruosa!